당신의 하루는
예쁘기만 하길

# 당신의 하루는 예쁘기만 하길

**발행일**    2023년 11월 7일

**지은이**    루나
**펴낸이**    손형국
**펴낸곳**    (주)북랩
**편집인**    선일영                         **편집**    윤용민, 배진용, 김부경, 김다빈
**디자인**    이현수, 김민하, 임진형, 안유경       **제작**    박기성, 구성우, 이창영, 배상진
**마케팅**    김회란, 박진관
**출판등록**  2004. 12. 1(제2012-000051호)
**주소**      서울특별시 금천구 가산디지털 1로 168, 우림라이온스밸리 B동 B113~114호, C동 B101호
**홈페이지**  www.book.co.kr
**전화번호**  (02)2026-5777                  **팩스**    (02)3159-9637

**ISBN**    979-11-93499-46-7  03810  (종이책)        979-11-93499-47-4  05810  (전자책)

**(주)북랩** 성공출판의 파트너
북랩 홈페이지와 패밀리 사이트에서 다양한 출판 솔루션을 만나 보세요!
**홈페이지** book.co.kr    •    **블로그** blog.naver.com/essaybook    •    **출판문의** book@book.co.kr

**작가 연락처 문의 ▸ ask.book.co.kr**
작가 연락처는 개인정보이므로 북랩에서 알려드릴 수 없습니다.

# 당신의
# 하루는
# 예쁘기만
# 하길

루나

시·산문

북랩

## 작가의 말

상처라는 게 참 아프죠. 아픈 걸 알면서도 그 위로 상처를 덧씌울 수밖에 없고, 아프지 않은 척 살아갈 수밖에 없죠.

넘어지는 게 참 무섭죠. 내가 넘어지면 지금까지 쌓은 탑이 전부 무너질까, 괜히 더 버틸 수밖에 없죠.

아프다는 게 참 어렵죠. 분명 마음은 아픈데 몸은 그렇지 않다고 느끼고, 다 괜찮다고 생각되죠.

아프고 싶지 않은데 세상은 내게 상처를 주고, 넘어지려 하다가도 나를 붙잡는 세상에 또 버텨내고, 마음과 몸은 언제나 따로 놀아 나를 더 힘들게 만들어요. 상처받는 것이 두려울 수밖에 없죠. 넘어지는 것도 두려운 것이 당연해요. 하지만 다 괜찮아요, 괜찮을 거예요. 언젠가 분명 여러분 스스로 아플 땐 아프다고 말할 수 있는 날이 올 거예요. 언젠가 상처받는 것을 두려워하지 않을 날이 찾아올 테니까요.

인생이라는 게 마냥 아프기만 한 것은 아니라서, 그 아픔 사이에 행복이라는 게 있어서, 그래서 우리가 지금도 살아가고 있잖아요.

당신의 하루는 예쁘기만 하길

조금만 더 힘내요, 우리.

상처 같은 건, 아픔 같은 건 별것 아니라는 듯. 그렇게 웃으며 살아갈 수 있도록.

살아가며 한 번쯤은 상처받고, 한 번쯤은 넘어지고, 한 번쯤은 아프다지만 그 모든 일에서 위로받으며 견뎌내기를 바라요.

2023년 가을에
루나

차례

## 2
가장 아픈 기억으로 남은 그
'씁쓸함'

## 3
## 어쩌면 절실하던 그
## '사랑'

# 4
## 이제는 내가 가지고 싶은 그 '행복'

# *1*

## 남에게만 주던 그
## '위로'

# 너의 생각을

너의 생각을 존중해.
예쁘면서도 강인한 너의 그 생각을.
작은 것 같으면서도 커다란 너의 그 생각을.

너와 나는 다른 사람이고,
당연히 생각에도 차이가 있겠지.
나는 내가 그 차이를 존중할 수 있는 사람이라고 믿어.

그러니 마음껏 펼치는 거야.
너의 생각을.

# 기대

스스로에게 거는 기대와
남이 내게 거는 기대의
차이가 커서 두렵다.

스스로에게 거는 기대만 만족시킨다면,
내게 기대를 건 사람을 실망시키는 건 아닐까.

남이 내게 거는 기대를 만족시키지 못한다면,
그 사람이 나를 떠나가지는 않을까.

그런 걱정이 수면 위로 떠오를 때면
천천히 생각해본다.

그 사람의 기대를 채워줄 방법을.

# 걸어가자

다른 사람보다 조금 늦었더라도,
뭐 어때.

내겐 내가 걸을 길이 있고,
남과는 다른 나만의 시작이 있어.

그건 변하지 않는 사실이지.

조급해하지 말고,
걸어가는 거야.
그냥 내가 선택한 길을 따라서,
걸어가면 돼.

멈추지 말고 걸어가자.

*당신의 하루는 예쁘기만 하길*

# 자신에게 전하는

"하지 마"라는 소리를 들었더라도,
"넌 못 해"라는 소리를 들었더라도,
괜찮아.

그 누구도 위로의 말을 건네주지 않아도,
그 누구도 용기의 말을 건네주지 않아도,
다 괜찮아.

아무도 그런 말을 해주지 않더라도 스스로에겐
"넌 할 수 있어"라고 말해줄 수 있잖아.

그걸로 된 거야.

# 하늘에

미안하다고,
전부 내 잘못이라고.
오늘 그렇게 소리를 질렀어.

그냥 하늘에 대고
나 좀 용서해달라고,
이 이상 힘들지 않게,
아프지 않게 해달라고.

그런 간절함을 담아서 소리를 질렀더니
조금은,
아주 조금은 후련해지더라.

당신의 하루는 예쁘기만 하길

# 도전

도전은 망설이라고 있는 게 아니야.
하라고 있는 거지.

그러니 망설이지 말고 도전해보자.

힘들어서 중간에 포기하게 되더라도,
주변인들이 아무리 뭐라고 해도,
시도했다는 사실은 변하지 않아.

그 사실만으로도 나는 내게
부끄럽지 않은 사람이 될 거야.

# 아직은

너를 싫어한다고 처음으로 말했다.

네가 상처받을 거라는 걸,
네가 나에게 실망할 걸,
알고 있는데도 멈추지 못했다.

나도 아직은 내가 더 중요한가 보다.
아직은 그런 사람인가 보다.

너보다는 내가 우선인,
아직은 그런 사람인 것 같다.

# 있는 그대로

있는 그대로 받아들여 주세요.

당신이 생각하는 나는
그저 당신이 만들어낸 인물.

당신이 말하는 나는
그저 모두가 상상할 법한 동화 속의 인물.

그건 내가 아니에요.
나를 있는 그대로 봐 주세요.

왜곡하지 않은 나를 봐 주세요.

# 잘

모든 일에선 '잘'이라는 것이
가장 어렵다.

모든 사람의 '잘'이라는 기준은 다르니까.

어떤 사람에게는 과정을 중요시하는 것이
'잘'인가 하면
어떤 사람에게는 결과를 중요시하는 것이
'잘'이 될 수도 있다.

그러니 서로 다른 기준에
서로 조금씩 맞춰가자.

# 그러잖아

사람들은 그러잖아.
아무런 잘못도 하지 않았는데 혼나면
억울하잖아.

사람들은 그러잖아.
아무것도 아닌 일로 칭찬받으면
으쓱해지잖아.

사람들은 그러잖아.
걱정이 생기면 괜히 숨기려고
더 밝은 척하잖아.

다 그러잖아.

# 게임

어떻게 될지 모르는 게임처럼
인생도 어떻게 될지 모르니까.

잘 안 풀리다가도
어느 순간 잘되는 게,
그런 게 인생이니까.

그러니까 잘 살아보자.

지금은 힘들더라도,
지금은 어렵더라도,
인생이란 건 어떻게 될지 모르는 거니까.

# 이해

같은 환경에 처하지 않았다면,
당신은 나를 이해할 수 없어요.

같은 상황에 놓이지 않았다면,
당신은 나를 이해할 수 없어요.

그러니 노력하세요.

당신이 나와 같은 상황에 놓이지 않았더라도
나를 이해해줄 수 있을 만큼,
나를 위로해줄 수 있을 만큼,
딱 그만큼만 노력해주세요.

# 표준

누구나 다 그래요.

남과 나를 다른 표준선 위에 두고,
자신에겐 너그럽고,
남에겐 엄격하게 대해요.

그러니 이제 조금 바꿔봐요.

남도 나와 같은 표준선 위에 두고
자신에겐 엄격하게,
남에겐 너그럽게 대하세요.

그럼 내가 세상을 보는 눈이,
조금은 달라져 있을 테니까.

# 시작과 끝

아무리 시작과 끝은 다르다지만
어찌 되었든 시작도 끝도 있으니까.

두려워하지 말아요.
무서워하지 말아요.

언젠가는 시작하게 될 테고,
언젠가는 끝내게 될 거예요.

그러니 우리 시작이 다가올 때까지,
끝이 다가올 때까지,
두려워하지 말고
그들을 맞이할 준비를 해봐요.

가장 멋진 시작을 위해서.
가장 멋진 끝을 위해서.

# 해결하는 법

만약 해결하기 어려운 문제가 생겼다면
이렇게 해보세요.

가장 먼저 마음을 차분히 가라앉히세요.
시간이 얼마나 걸리든
괜찮아요.
천천히, 자신의 속도에 맞춰
차분하게 가라앉혀보세요.

두 번째로 가장 편한 자세를 취하세요.
무슨 일이든지
자신이 불편하게 느낀다면 신경 쓰이기 마련이에요.

마지막으로 어렵게 생각하지 말아요.
어려운 방법이 아니더라도
분명 출구는 있으니까요.

쉽게, 쉽게.
그렇게 생각하는 거예요.
마치 마법의 주문처럼요.

마음을 가라앉히고,
가장 편한 자세에서,
어렵게 생각하지 않는다면
생각보다 빨리 출구를 찾아낼 수 있을 거예요.

# 나부터

남을 좋아하기 전에
나부터 좋아하기.

남을 사랑하기 전에
나부터 사랑하기.

남을 챙기기 전에
나부터 챙겨주기.

남을 위로해주기 전에
나부터 위로하기.

무엇이든 남보다는
나 먼저 생각하기.

# 중요한 건

사람과의 대화에서 중요한 건,
내가 어떤 뜻으로 말했느냐가 아닌,
상대가 어떻게 받아들이느냐다.

그러니 세 번 생각하고 말하자.

첫 번째로는 내가 어떤 뜻으로 말하는가.
두 번째로는 상대가 내 말을 어떻게 받아들일 것인가.
마지막으로는 상대에게 내 말이 상처로 남지 않을 것인가.

이 세 가지만 생각해보고 말하면,
그때 우리는 진심으로
상대를 배려할 수 있을 테니까.

# 나이가 들면

나이가 들면
당신의 따스했던 손을
기억하지 못하게 될까 봐.

나이가 들면
당신의 깊은 눈동자를
기억하지 못하게 될까 봐.

나이가 들면
당신과 함께했던 시간을
기억하지 못하게 될까 봐.

당신의 하루는 예쁘기만 하길

그래서 지금.
당신과 함께하는 이 소중한 시간에
최선을 다할게요.

언젠가 잊어버리게 되더라도
언젠가 기억하지 못하게 되더라도
아직은 기억하고 있으니까.

아직은 당신과 함께한 모든 순간을
기억하고 있으니까.

# 미술품

미술관에 가면
이해할 수 없는 그림이 많다.

이상한 모양이지만,
괴상한 모양이지만,
그 가치를 인정받은 그림들이.

사람도 똑같다.
아무리 이상해도,
아무리 괴상해도,
그 모습이 가치 있는 모습이니까.

# 흔적

무엇이든 완벽하게 숨겼다고 생각해도,
모든 일은 흔적이 남기 마련이니까.

아무리 잘 숨겨도,
어떻게 해서든 흔적이 남으니까.

그래서 이젠 숨기려고 애쓰지 않기로 했어요.
많은 흔적을 남기고,
많은 사람에게 기억되기로 했어요.

# 가위

관계를 처음 시작할 때
아무리 딱 붙었다지만,
아니라고 생각되는 사람이라면
잘라내세요.

서로 연결되어 있는 인연의 끈을
잘라내세요.

시작도 내가 원해서였으니
끝도 내가 맺을 수 있어야 하니까.

미련 없이,
두려워하지도 말고,
잘라내세요.

당신의 하루는 예쁘기만 하길

# 거짓말

사실은 당신도 알고 있었잖아요.

내가 힘들다는 걸,
내가 아프다는 걸,
전부 알고 있었잖아요.

듣기 좋은 거짓말로,
보기 좋은 거짓말로,
나를 짓밟은 건 당신이에요.

# 세상에서 가장

세상에서 제일 믿었던 만큼,
세상에서 제일 사랑했던 만큼,
더 상처를 받을 테니까.

세상에서 가장 위로받았던 만큼,
세상에서 가장 오래 기댔던 만큼,
더 고통스러울 테니까.

그래서 이젠 사랑하지 않기로 했다.
그래서 이젠 위로받지 않기로 했다.

# 바깥

우물 안의 개구리처럼
안에만 있겠다며 너무 애쓰지 마.

너에게는 더 큰 미래가 있고,
더 큰 바깥이 있잖아.

틀을 깨고 나오는 거야.

그건 생각보다 어렵지 않아.
너라면 할 수 있어.

너는 강한 사람이잖아.
너는 분명 할 수 있을 거야.

# 조각

흔히들 말하는 기억의 조각은
인생의 조각이다.

우리가 만나는 것도
우리가 헤어지는 것도
전부 인생이라는 조각품을 만들어내는 과정이다.

우리는 인생이라는 조각을 맞추기 위한
여정을 이어가는 중이다.

# 살아가는 방법

내가 관심 없는 것에
시간을 낭비하지 않는다.

나와 상관없는 일에
시간을 쏟지 않는다.

그것은 내 노력을 낭비하는 것이며,
그 쓸데없는 것에 시간을 쓸 만큼
나는 한가한 사람이 아니니까.

내가 좋아하는 것만 해도
시간은 부족하고.

내게 즐거움을 주는 일만 해도
시간은 부족하다.

그게 내가 살아가는 방법이며,
그게 내 존재의 가치다.

# 자수

저는 당신이라는 사람을
수놓는 법을 알게 되었습니다.

그러나 당신이라는 사람은
너무 빛나고,
너무 완벽한 사람이라서,
감히 수놓을 수가 없습니다.

그리고 겨우 당신을 수놓기 시작했을 때,
그 끝에는 당신의 이름 석 자가 쓰여 있었습니다.

그래요,
당신은 당신이라는 사람 자체로,
당신의 이름 석 자만으로,
충분히 가치 있고,
충분히 빛이 나는 사람인 거예요.

당신의 하루는 예쁘기만 하길

# 구름

비를 모으며 돌아다닌다.
나는 많은 사람을 만났다.
그중에는 당신도 있었다.

다행이다.
내가 당신의 눈물을 가려줄 수 있어서.

다행이다.
당신의 슬픔을 나만 볼 수 있다는 것이.

다행이다.
당신을 위로해줄 수 있어서.

# 나무

당신이 힘이 드는 날에는
편히 쉬어갈 수 있는 그늘이 되어줄게요.

당신이 외로운 날에는
마음껏 기댈 수 있는 기둥이 되어줄게요.

당신이 행복한 날에는
당신이 나를 찾아오지 않았다는 사실에 기뻐할게요.

당신은 지치고 힘이 들 때,
그때만 나를 찾아와주세요.

# 가장 소중한

내게 가장 소중한 사람은 누구인지,
딱 한 번만 생각해봐요.

지금 당신의 곁에 있는 사람이
내게 가장 소중한 사람인지.

그동안 소홀히 대했던 사람이
내게 가장 소중한 사람인지.

딱 한 번만 생각해보면 알 수 있을
그 중요한 사실을
우리는 쉽게 잊어버리곤 하니까요.

# 용서

용서해달라고 아무리 빌어봐도
당신이 내게 한 일들이 사라지나요.

용서해달라고 아무리 애원해도
당신이 없애버린 내 인생이 돌아오나요.

당신이 내게 용서를 구해도,
그동안 당한 일들이 사라지는 건 아니잖아요.

내가 당한 일들은 아직
내 가슴속에 선명히 남아 있으니까요.

내가 영원히 기억할 테니까요.

# 누구나 다

사람은 누구나 그래요.
자신에게 잘해주는 이에게
조금 더 많은 관심을
쏟게 되어 있어요.

만약 누군가
다른 사람에 비해
자신에게 소홀한 것 같다고 생각된다면
그건 당신이 그 사람에게
최선을 다하지 않은 거예요.

# 보리

너는 어떤 고난과 역경을 딛고
이렇게 자라나게 되었는지
나는 네게 물었다.

나는 너보다는 더 아프고
너보다는 덜 힘들면서 자라났다고
너는 내게 답했다.

당신이 있기에 나도,
당신이 있기에 너도,
이렇게 자라났다고.

그러니 그런 당신에게 감사하며,
그런 당신에게 고생했다는,
수고했다는 말을 전한다.

# 감사하기

내 생일을 축하해 줄
사람이 있다는 것에
감사하기.

내 사랑을 기뻐해 줄
사람이 있다는 것에
감사하기.

오늘 하루도
열심히 살아간 나에게
감사하기.

# 나이 든 만큼

너보다 나이 든 만큼
나보다는 어린 너를
먼저 걱정하게 되고.

너보다 나이 든 만큼
나보다는 어린 네가
더 많은 경험을 해보기를 바라고.

너보다 나이 든 만큼
나보다는 어린 네가
나 같은 사람으로 자라지 않기를 기도하고.

너보다 나이 든 만큼
나보다는 어린 네가
나와 이어진 인연보다
더 좋은 사람만 만나기를 꿈꾼다.

당신의 하루는 예쁘기만 하길

# 이리저리

이리저리 치이다가,
이리저리 망가지다가,
이내 버려지고 말았다.

당신은
내가 쓸모없다고 느끼자,
미련 없이 나를 버렸다.

이 관계에서 미련이 남는 것은,
이 관계에서 마음이 아픈 것은,
여전히 나뿐인가 보다.

# 어느 멋진 날에

그 어느 멋진 날에
당신을 만났습니다.

그 멋진 날과 어울리는,
아름답게 빛나는 당신을.

그러나 그런 멋진 날은,
그런 빛나는 사람은,
나에게 어울리지 않는가 봅니다.

이렇게 또 아픔만 가득 안은 채,
그 어느 멋진 날을 떠나보내니.

이렇게 또 상처만 가득 안은 채,
아름답게 빛나는 당신을 떠나보내니.

당신의 하루는 예쁘기만 하길

# 내일, 오늘

내일 하면,
내일 해주면,
그렇게 생각하지 말고
오늘 하기,
오늘 해주기.

나의 내일은
언제 사라질지 모르니까,
나의 내일은
언제 바스러질지 모르니까.

# 네게 알려주고 싶은 세상

너에게 알려주고 싶은 세상이 있어.
나는 보지 못할 그 세상을,
나는 지나쳐버린 그 세상을,
네게 알려주고 싶어.

지금은 조금 무시 받고,
지금은 조금 힘들어도
뭐 어때.

인생은 그런 거라 다독이며,
아주아주 짧은 시간만 버텨내자.

그럼 너는 분명
내가 보여주고 싶었던,
내가 알려주고 싶었던,
그 세상을 경험하게 될 거야.

# 그늘

당신이 힘들 때면
쉬어갈 수 있도록,

당신이 지칠 때면
기대어갈 수 있도록,

작은 공간을 만들었습니다.

조금은 서늘하고
조금은 따스한
그런 공간을 말이죠.

# 환경 변화

환경이 변화하면
나도 같이 변화하길.

아니, 사실은
환경이 변화해도
나는 변하지 않기를.

환경이 변화하면
내 인연들도 변화하길.

아니, 사실은
환경이 변화해도
내 인연들은 그대로이길.

# 안아주세요

내가 기쁜 일이 있을 때면
웃으며 다가와 안아주세요.

내가 행복한 일이 있을 때면
좋은 일 있냐고 물으며 다가와 안아주세요.

내가 슬픈 일이 있을 때면
같이 눈물 흘리며 다가와 안아주세요.

내가 위로받고 싶은 일이 있을 때면
아무 말 없이 다가와 안아주세요.

그저 그렇게 안아주세요.
나는 그거면 충분하니까.

# 누구나 같은

무서워하지 말아요.
우리는 다 같은 생명이니까.

두려워하지 말아요.
우리는 같은 세상을 살아가니까.

그래도 두렵다면
이렇게 생각해보세요.

우리는 다 같은 사람이니까.

# 희망

그리움을 찾고 있습니다. 언제부턴가, 어디서부터인가 놓쳐 버리고 말았던 그리움을 이제야 다시 찾아내고 있습니다. 제가 찾고 있는 그리움은 자신을 잊어버리게 하는 가슴 아픈 미련이었습니다. 제가 찾고 있는 그리움은 살아갈 이유를 지워버리는 가슴 시린 아픔이었습니다.

어쩌면 저는 그리움이라는 이름의, 혹은 그리움 너머의 무언가를 붙잡고 싶었던 것인지도 모르겠습니다. 그리움이라는 이름 너머에 있는 무언가를 붙잡고 싶은 간절함이, 바보처럼 그리움을 놓아주지 못하는 것 같습니다. 그래서 저는 한 번을, 다시 또 한 번을, 그렇게 여러 번을 생각하게 되었습니다. 그리움 너머에 숨어 제가 붙잡아주기를 바라는 것은 무엇일지, 아니면 누구일지 말입니다. 결국 찾아낸 답은 '희망'이었습니다. 몇 번을 생각하든 답은 언제나 희망뿐이었습니다.

희망을 얻기 위해서는 많은 노력이 필요합니다. 희망은 우리에게 살아감의 이유와 앞으로 나아갈 수 있는 용기를 주는 존재입니다. 그러나 모두가 그렇듯 희망은 포기하고 싶을 때, 죽을 만큼 힘이 들 때 다가오기 마련입니다. 제게도 역시 그랬습니다. 태어나면서부터 희망이 있는 사람은 드뭅니다. 누구나 다 처음부터 희망을 가지고 살지 않습니다.

그러나 당신도, 저도 희망을 찾을 수 있을 것입니다. 아픔 뒤에, 절망과 비난 뒤에 따라오는 그 작은 희망을 행복으로 받아들일 수 있다면, 말뿐인 희망이 아닌 진실된 희망을 마주할 수 있겠지요. 분명 당신과 저는 아픔 뒤의 작은 희망을 찾아내겠지요.

당신은 잊지 말고 기억해주세요.

자신이 힘이 들 때 찾아오는 것은 절망이 아닌 희망이라고.

그 속에 숨은 희망을 찾아낼 수 있을 거라고.

당신이라면 할 수 있습니다.

**2**

가장 아픈 기억으로 남은 그
'씁쓸함'

# 틀

너는 내가 아니다.

내가 얼마나 아픈지,
내가 얼마나 절실한지,
내가 얼마나 두려운지,

너는 아무것도 모른다.

판단은 네 것이다.
나를 판단하는 것은 온전히 너의 몫이다.

그러나 그렇다고 해서,
네가 만들어낸 틀 안에 나를 가두어도 된다는 것은 아니다.

# 꼭 기억하길

어렸을 땐 이해하지 못했던 말들을
어렸을 땐 이해하지 못했던 행동들을
하나씩 이해할 때마다 두려워진다.

내가 나이를 먹는다는 사실에
두려움을 느끼는 것이 아니다.

어릴 때의 그 기분을 잊어버릴까 봐,
어느 순간 그 기분을 잊고도 살 수 있다는 것이
두렵다.

# 인정

"잘했어"라는 말 한마디에
그동안의 노력을
전부 보상받은 것처럼 기뻤다.

"잘했어"라는 말 한마디에
그동안의 고생을
전부 위로받은 것처럼 행복했다.

그러나 나는 오늘도
"하지 마"라는 말에
무너져내린다.

# 저 멀리

용기를 받았다.
다양한 방법으로.

어떤 사람은 말로,
어떤 사람은 행동으로,
또 어떤 사람은 선물로 용기를 주었다.

그러나 나는,
받은 그 용기를 차곡차곡 쌓아두었다가
저 멀리 던져버리고 있었다.

자신이 용기를 받았다는 사실도 모른 채,
스스로 나락을 향해 가고 있었다.

# 최악은

의기소침한 사람도 괜찮아.
화가 많은 사람도 괜찮아.

결국엔 사람이고,
어찌 되었든 내 곁에 있어주는
내 사람이니까.

하지만 정말 최악은
내 노력을,
내 존재를 부정당할 때야.

# 발버둥

열심히 노력하고 있어.
그러니 이 모습 그대로 두고 가지 말아줘.

그렇게 버림받지 않으려고 하는
나름대로의 노력이니까.
나름대로의 발버둥이니까.

# 좋지 못한 결과

공포는 언제나 나를 위협하고,
행복은 언제나 내게서 도망친다.

무서워서 회피하고,
도망치고,
방어하기를 택한다.

그리고 결국 그 방법은 내게
좋지 못한 결과가 되어 돌아온다.

그걸 알고 있음에도 나는
여전히 그 방법을 택하고,
그 상황을 반복한다.

# 기대 따위 하지 말기를

대담한 사람인 것처럼 행동해.
그렇게 하면 무서운 기분이
조금은 사그라들 것 같아서.

일상이 외롭고 쓸쓸해서,
그 외로움에,
그 쓸쓸함에 익숙해진 내가 비참해서.

그러니까 기대하지 말아줘.
기대하면 그 배로 내게 실망할 테니까.

# 속박

불확실한 미래가 다가올수록,
현실이 되어갈수록 두렵다.

내가 두려워하는 것들이 사실이 될까 봐,
현실일까 봐 무섭다.

분명 내 인생임에도
내 생각대로 흘러가지 않는다.

정말 이상하다.

남에게 구속된 채로,
남에게 속박된 채로,
그렇게 평생을 살아가야 한다니.

# 빛

이 세상의 모든 사람은
각자의 빛을 가지고
찬란하게 빛을 내며 살아간다.

하지만 나는 아니다.
내게는 빛이 없다.

나는 남의 빛에 기대 살아가는
그런 사람이니까.

# 만족

모든 일을 사람들이 만족하기 전에
스스로 만족했다며 끝내버린다.

다른 사람들이 내가 끝낸 일을 보고
실망하고,
추궁하더라도
그 행동을 고치지는 않는다.

모든 사람은 만족하는 것에서 끝내지 않으니까.
모든 사람은 만족이라는 것을 모르니까.

당신의 하루는 예쁘기만 하길

# 서러워서

오늘따라 서러움이 밀려왔다.

어쩌면 나는 그동안의 노력을
인정받고 싶었던 걸지도 모른다.

나도 사람이니까,
누군가의 인정으로 힘이 나니까,
그래서 그랬을지도 모른다.

그러나 울지는 않았다.
울지 않고 웃어버렸다.

사람은 참 이상하다.
슬픈 상황에서도 웃을 수 있다니.

# 부메랑

부메랑처럼 사랑은 다시 돌아온다지만
내게서 떠난 순간부터,
내게로 돌아올 그 시간이,
너무 아프잖아요.

분명 짧은 시간인데,
분명 다시 돌아올 거라는 걸 아는데,
힘들잖아요.

그러니 내게서 떠나기 전에,
내가 아프고 힘들기 전에,
그 전에 잘해주세요.

# 우산

비처럼 쏟아져 내리는
모든 안 좋은 일은
내가 전부 막아줄게요.

그 모든 나쁜 일로부터
당신을 지켜줄게요.

그러니 당신은
뒤도 돌아보지 말고
앞으로 나아가세요.

# 가면

사람들은 오늘도 가면을 쓴다.
나를 감추려,
나를 왜곡시키려,
오늘도 가면을 쓴다.

오늘도 가면을 쓴 채로
남을 속이며,
내 진짜 모습을 잊어간다.

가면을 벗은 삶이
더 행복한 삶이라는 것도 모른 채,
행복한 삶을 찾겠다며,
오늘도 가면을 쓰고 살아간다.

나를 잊어버린 삶은
내 삶이라고 할 수 없으니까.
이젠 나를 찾자.

# 아바타

이건 내 인생인데
태어나면서부터 내 인생이 아니게 된다.

내가 선택하는 것보다
남이 선택하는 것이 우선이고,
내 이익을 위해서보다
다수의 이익을 위해서가 우선이다.

나는 양보와 배려만 할 줄 아는,
절대 욕심부려선 안 되는
부모님의,
선생님의,
상사의,
아바타다.

# 거울

거울을 보았다.
거울 속에 비친 나는
추했다.

그러나 네 눈을 보았다.
네 눈 속에 비친 나는
아름다웠다.

# 발자국

나는 언제나 바쁘게 당신을 쫓았다.
위를 바라보며,
당신만을 쫓았다.

나는 알지 못했다.
당신이 나를 위해,
지워지지 않을 발자국을 남겨주고 있었다는 것을.

아래를 살폈다면,
조금만 주위를 살펴보았더라면,
더 일찍 발견할 수 있었을 텐데.

# 소리

어릴 땐 내 소리가 있었다.
서슴없이 감정을 표현해낼 수 있는
그런 소리가 있었다.

그러나 자라면서 내 소리는 사라져갔다.
감정을 숨기기 시작하며,
내 소리가 무엇이었는지도 잊었다.

세상은 내 소리를 지웠고,
나는 그것을 너무도 당연하게 받아들였다.

# 새

태어나면서부터 자유로운 너를 좋아한다.

나와는 다르게,
언제나 자유로운 너를.

내게도 자유로워질 기회가 있었을지도 모른다.

그러나 나는,
내게 온 자유를 잡을 용기가 없었다.

# 재능

나를 찾아주세요.

나를 숨어 있는 존재로 없애지 말아주세요.

당신은 나를 찾아낼 수 있어요.
당신은 할 수 있어요.

나를 찾아주세요.

나는 그리 멀지 않은 곳에서 당신을 기다리고 있어요.

당신은 나를 찾아낼 거예요.
분명 그럴 거예요.

당신의 하루는 예쁘기만 하길

# 관심

당신의 그 관심이 두렵습니다.
당신이 나를 옥죄어오는 듯한 기분이 무섭습니다.

하지만 괜찮습니다.
버틸 수 있습니다.
당신만 있다면 당신의 그 무엇이라도 견딜 수 있습니다.

당신의 관심이 없다면 나는 메말라버릴 테니까요.
당신이 나를 옥죄어주지 않는다면,
내가 살아가는 이유가 사라질 테니까요.

# 이기심

내가 행하는 모든 실수는
괜찮아,
그럴 수 있어,
다음에는 더 잘할 수 있을 거야.

남이 행하는 모든 실수는
네 탓이야,
그럴 수 없어,
네 잘못이야.

언제나 자신에게만 관대하고,
남을 비난하기 바쁜
우리의 마음을 정리할 시간도 필요하다고.

우리도 이기심을 비워낼 시간이 필요한,
사람이라고.

# 왜 그랬을까

왜 그랬을까.
왜 너를 잡아주지 못했을까.

너는 분명히 내게
힘들다고,
아프다고,
그렇게 말했는데.

나는 어째서 그 말을
괜찮다고,
행복하다고,
그렇게 들었을까.

왜 그랬을까.
왜 너를 놓쳐버렸을까.

# 나비

처음으로 하늘을 날았다.

처음 본 세상은
너무나 아름다웠으며,
또 한편으로는
고통에, 아픔에 일그러져 있었다,

그렇지만
그 고통과 아픔이 있기에
지금의 아름다움이 존재하니까.

그러니 나는
그 고통마저 아름다워 보인다고.

그러니 나는 그 아름다움을 위해
고통도 아픔도 버텨낼 수 있다고.

# 당신은

당신의 고통은
내가 전부 가져갈 테니,
당신은 평화로운 삶을 살기를 바란다고.

당신의 아픔은
내가 전부 가져갈 테니,
당신은 건강한 삶을 살기를 바란다고.

당신의 슬픔은
내가 전부 가져갈 테니,
당신은 행복한 삶을 살기를 바란다고.

아픈 것도,
슬픈 것도,
전부 내가 할 테니,

당신은
건강하고,
행복하기만 하라고.

# 마음

내 마음을 이야기한다고 해서
달라지는 것이 있을까.

내 마음을 이야기한다고 해서
누군가 알아봐 주긴 할까.

내 마음을 이야기한다고 해서
당신을 미워하는 내 마음이 사라지긴 할까.

그러니까.

달라지는 것도,
알아봐 주는 사람도,
미워하는 마음도 사라지지 않을 테니까.

그러니까.

더 꽁꽁,
숨기겠다고.

아무도 모르게,
숨겨버리겠다고.

# 당신을

나는 오늘
당신을 놓아주기로 마음먹었습니다.

내게 단 하나도 찾을 수 없는
희망을 짓밟는 당신을.

나의 모든 것을 앗아가고도
부족하다는 말만 늘어놓는 당신을.

내가 아프다고 말해도
귀를 닫아버리는 당신을.

당신의 하루는 예쁘기만 하길

내가 슬프다고 이야기하면
자신의 슬픔이 더 크다 외치는 당신을.

나를 위해서
자신이 존재한다고 거짓을 말하는 당신을.

이제 놓아주려 합니다.

그리고 오늘부터
그런 당신을 위해서
내가 나쁜 사람이 되어보려 합니다.

# 해준 게 너무 많아서

내가 당신에게 해줬던 일들이
수면 위로 떠올라서.

수면 위로 떠오른 그 일들이
셀 수도 없이 많아서.

그러나 생각해보면,
나는 어떠한 보답도 받지 못했기에.

괜찮다고 스스로 다독이고자,
수면 아래 깊은 곳에,
내가 기억해낼 수 없을 곳에,
던져두었다.

그렇게 묻어두었다.
그렇게 자신을 다독였다.

당신의 하루는 예쁘기만 하길

# 완벽

무슨 일에 있어서든
당신은 완벽하지 말라고.

무슨 행동을 하든
당신은 완벽하지 말라고.

당신이 완벽한 모습을 보이면,
나는 그 모습에 반하고,
또 상처받을 테니까.

당신이 완벽하다면,
그 완벽함에 속아,
상처를 입을 테니까.

# 관계

사람과 사람 사이의 관계라는 건,
참 어렵다.

내 감정을 숨기면서,
남에게 믿음을 주어야 하고.

남에게 나를 맞춰주며,
내 감정을 억눌러야 한다.

그래서 달라지기로 했다.
그래서 당당해지기로 했다.

이제는 내 감정을 드러내며
남에게 믿음을 주고.

남과 내 사이에 맞추어 가며
내 감정을 터뜨리기로 했다.

이제 그러기로 했다.

당신의 하루는 예쁘기만 하길

# 이별

이별이라는 것은,
언제 겪어보든,
얼마나 겪어보든,
익숙해질 수 없으니까.

마음이 공허하고,
마음 한구석이 텅 비어버린 그 감정은
익숙해지기 힘드니까.

그래서 나는 처음부터
정이라는 것을 주지 않기로 했다.

익숙해질 수 없는 것을
미련하게 품고 있는 것보다는
나을 테니까.

그러니까,
정을 주지도,
이별을 겪지도 않기로 했다.

# 그러나 나는

사랑받고 싶었다.
사랑하고 싶었다.
그러나 나는 사랑받을 수도
사랑을 할 수도 없었다.

위로받고 싶었다.
위로하고 싶었다.
그러나 나는 남을 위로해주는 것보다
나 하나 챙기기에 바빴다.

버려지기 싫었다.
살아남고 싶었다.
그러나 나는 결국
모든 것을 내려둔 채로
포기해 버렸다.

당신의 하루는 예쁘기만 하길

# 평행선

나는 당신을 좋아하는데
당신을 만날 수가 없습니다.

나는 이렇게나 당신을 원하는데
당신은 나를 원하지 않나 봅니다.

평행선 위에 놓인 우리는,
한 사람은 일방적인 사랑을 하며,
다른 한 사람은 일방적인 관계를 정리합니다.

# 쿠키

당신을 막 사랑하기 시작할 때의 나는
이제 막 구워지기 시작한 반죽.

당신을 사랑하는 중인 나는
노릇노릇 구워진 쿠키.

당신을 떠나가는 나는
이리저리 치이고 바스러진 부스러기.

당신의 하루는 예쁘기만 하길

# 움직임

분명 당신도 나도 움직이지 않는데
당신이 자꾸만 멀어져갑니다.

가만히 그 자리에 서 있음에도
당신이 자꾸만 멀어져갑니다.

당신과 나는 어울리지 않는다는 걸까요,
당신이 나를 원하고 있지 않다는 걸까요.

정답이 전자이길 바라지만,
애석하게도 정답은 후자이겠지요.

# 인공적인

당신의 인공적인 사랑은 필요 없다고,
당신의 인공적인 사랑은 주지 말라고.

나는 당신의 진실한 마음이 아니면
무얼 해도 기쁘지 않고,
나는 당신의 진실한 사랑이 아니면
무얼 해도 행복하지 않으니까.

진실한 마음을 주지 않을 거라면,
내 곁에서 떠나가 주세요.
내 곁에서 멀어져 주세요.

당신의 하루는 예쁘기만 하길

# 그런 줄 알았는데

나는 당신을 위하는 줄 알았는데,
당신에게 잊지 못할 상처를 주고 있었구나.

나는 당신을 사랑하는 줄 알았는데,
당신과 더 멀어지는 길을 선택했구나.

나는 당신을 잊지 못할 줄 알았는데,
그보다 더 쉽게 당신을 포기하는구나.

나는 그런 줄 알았는데,
결국은 이렇게 되었구나.

# 그랬던 만큼

너와 함께했던 시간이 즐거웠던 만큼,
너를 포기하는 건 더 힘들겠지.

너와 함께했던 시간이 행복했던 만큼,
너를 잊어버리는 건 더 어렵겠지.

너와 함께했던 시간이 추억으로 남은 만큼,
너를 지워내는 건 더 아프겠지.

나는 너를 지울 때,
그 모든 고통을 겪을 테니,

너는 나를 지울 때,
아무런 고통 없이 지워내 주길.

# 미안해

네가 나를 좋아하게 만들어서
미안해.

마음만 주고 떠날 거면서 사랑하게 만들어서
미안해.

괜한 이기심으로 이 관계를 시작해버려서
미안해.

또다시 네게 상처를 줘서
미안해.

너에게는 미안한 일뿐이지만 그래도
미안해.

# 의지

내 온 마음을 다해,
너를 사랑하겠다는 의지.

내 온 마음을 다해,
너를 행복하게 해주겠다는 의지.

그러나 현실은,
너를 불행하게 만드는 의지.

그러나 현실은,
너를 지워내 버리는 의지.

# 자유로이

자유로이 너를 원하고,
자유로이 너를 사랑할 수 있다면,
그랬다면 좋을 텐데.

자유로이 너를 잊고,
자유로이 네가 불행해지기를 빌 수 있다면,
그랬다면 좋을 텐데.

그러나 나는
너를 원할 수도, 사랑할 수도 없으나,
너를 잊을 수도, 불행하기를 빌 수도 없었다.

# 자기 비하

스스로 깎아내리고,
스스로 상처를 입히고,
다시 눈물을 짓는다.

스스로 짓밟고,
스스로 비난하고,
다시 감정을 지워낸다.

이렇게 눈물짓기 전에,
이렇게 감정이 지워지기 전에,
그 전에 잘해줄 것을.

# 잔혹함

가족이라는 잔혹함이
상처를 만듭니다.

우정이라는 잔혹함이
눈물을 짓게 만듭니다.

사랑이라는 잔혹함이
기어이 눈물이 흐르게 만듭니다.

# 영원한 굴레

사람은,
자신이 상처받은 만큼,
그것을 남에게 전해주고.

또 그 사람은
자신이 받은 상처를
또 다른 이에게 전한다.

그렇게 우리의 삶은
끝나지 않을 상처 속에
가두어졌다.

# 그대가 나를 떠나보낸다고 하여도

그대가 나를 떠나보낸다고 하여도
나는 아직 그대를 잊을 수가 없습니다.

그대가 나를 떠나보낸다고 하여도
나는 아직 그대를 놓을 수가 없습니다.

언젠가 그대가 그러했듯이,
그대가 나를 다시 봐줄 날을 기다리며,

이곳에서 기다리겠습니다.
그대를 기다리겠습니다.

# 그렇게 생각했던 적이 있다

그렇게 생각했던 적이 있다.


너는
그 많은 아픔을 겪으며
어째서 반항하지 않는지.


너는
그 많은 고통을 겪으며
어째서 거부하지 않는지.


나는 몰랐다.
네가 그 많은 고통과 아픔으로
진정한 사람이 되고 있다는 것을.


나는 몰랐다.
네가 그 많은 고통과 아픔으로
나를 사랑해주고 있다는 것을.

# 대답하지 못했다, 대답할 수 없었다

당신의 물음에 나는 오늘도 입을 닫는다.
내가 아무런 말도 하지 못하도록.

이 이상 내 희망이 당신에게 짓밟히지 않게,
이 이상 당신에게 내가 상처받지 않게.

언제나 그랬다.
당신에게는 대답하지 못했다.

아니,
당신에게는 대답할 수 없었다.

# 의무

가족을 사랑하라는
지독히 아픈 의무.

친구를 사랑하라는
지독히 슬픈 의무.

연인을 사랑하라는
지독히 처절한 의무.

죽어서도 사랑하고,
죽어서도 사랑받아야 하는
지독히 상처받는 의무.

# 잔인함

당신은 나에게
잔인하다고 말할 자격이 없다.

당신은 내 마음을 짓밟은
가장 잔인한 사람이니까.

심장이 멎게 해 죽이는 사람보다
마음을 갈기갈기 찢어 죽이는 사람이
더 잔인한 사람이니까.

# 흑과 백

흑색의 내 마음 위에
백색의 당신이 뿌려지네요.

그건 참으로 아름다운 일이에요.

백색의 당신 마음 위에
흑색의 내가 뿌려지네요.

그건 아마도 더럽혀지는 일이겠죠.

# 그럴 수밖에 없었다

괜찮은 척할 수밖에 없었다.
내 앞에서 무너져내릴 너를
내 눈으로 보는 것이 두려웠기에.

아프지 않은 척할 수밖에 없었다.
내 앞에서 모든 것을 내줄 너를
내 눈으로 보는 것이 더 아프기에.

행복한 척할 수밖에 없었다.
내 앞에서 같이 불행해질 너를
내 눈으로 보는 것이 무서웠기에.

그래서 나는
그럴 수밖에 없었다.

# 후회

지금에 와서는 분에 찬 소리인지도 모르겠습니다. 그러나 저는 스스로 더 이상 상처받지 않는 시간으로 사라지고 싶은 건지도 모르겠습니다.

후회라는 것은 참으로 가슴 아픈 일이라고 생각합니다. 자신이 원하지 않더라도 후회하게 되고, 후회를 반복할 수밖에 없으니까요. 그것은 선택을 하며 살아가는 우리들에게 당연한 일인지도 모릅니다. 신이라도 되지 않는 이상 지나간 과거를 되돌릴 수 없다는 것은 누구라도 알고 있는 사실일 것입니다.

제 이야기를 먼저 해보자면, 제가 경험하고 있는 후회는 미련입니다. 다른 많은 후회가 있겠지만 미련만큼이나 커다란 후회가 없기 때문일까요. 저는 어릴 적부터 미련이 많아 무엇 하나도 쉽게 버리지 못했습니다. 타고났다면 타고난 그 성격 탓에 작은 것 하나도 쉽게 놓지 못하곤 했습니다. 그 성격은 기억에도 예외 없이 적용됩니다. 이상하게도 저는 제 기억을 쉽게 좋아할 수가 없습니다. 그러나 기억에 있어서는 그 성격이 좋지 않은 일에 한정된다고 생각합니다. 좋은 일이라고 할 수는 없습니다. 좋은 기억은 그대로 추억이 되어가는데, 나쁜 기억은 제게 얽매여 미련이 된다면 어떨 것 같나요?

물론 놓아주지 못하는 기억은 추억이 될 수 없겠지요. 추억으로 만들기 위해서는 그 기억을 과거에 둔 채 흐르는 시간을 받아들여야 한다는 사실을 알고 있습니다. 하지만 무엇이든 생각대로는 되지 않는 모양입니다. 아쉽게도 저는 과거에 기억을 두고 오는 일이 가장 어렵습니다.

당신은 어떤가요? 당신에게 가장 크게 다가오는 후회는 무엇인가요? 그 후회가 '무엇'이든, 혹은 '누구'든, 당신은 그 후회를 이겨낼 수 있습니다. 만약 당신이 후회로 인해 두려움에 떨고 있다면 주저하지 말고 이렇게 생각해보십시오. 나는 세상에서 가장 강한 사람이니까 분명 이겨낼 거라고.

후회를 이겨낸 당신의 모습을 기대하고 있겠습니다.

부디 당신의 그 모습을 볼 수 있기를.

*3*

어쩌면 절실하던 그
'사랑'

# 그런 사람이 되고 싶다

나는 너에게 그런 사람이 되고 싶다.

아프다고,
슬프다고,
힘들다고 말했을 때,
"괜찮아?"라고 물어봐 줄 수 있는 사람.

나는 너에게 그런 사람이 되고 싶다.
너에게만은 그런 사람이었으면 좋겠다.

# 영원히

아무런 재능 없는 내가,
아무런 능력 없는 내가,
영원히 할 수 있는 것.

너에게만은 약속할 수 있는 것.

그건,
네 곁에 영원히 남아 있는 거야.

# 좋아하는 사람이 있다면

마음이 고요하면
괜스레 기분이 좋아져 외치곤 한다.

좋아하는 사람이 있다면,
나를 좋아해 주는 사람이 있다면,
난 영원히 남아 있을 수 있다고.

당신의 하루는 예쁘기만 하길

# 설렘

요즘엔 하루를 시작하는 것이
설렘으로 다가오기 시작해요.

나를 알아주는 사람이
세상엔 참 많이 있다는 것을
알게 되었거든요.

자신에게 상처 주지 않고 살아가는 법을,
자신을 위로하며 살아가는 법을,
당신이라는 아름다운 사람에게
배워버렸거든.

# 만남

나는 행복과는 거리가 멀었다.

언제나 외로웠고,
언제나 사랑을 필요로 했다.

그러다 당신을 만났다.
내게 사랑을 주는 당신을.

내가 외롭지 않게 해주는,
내가 기쁨을 느낄 수 있게 해주는,
당신을.

당신의 하루는 예쁘기만 하길

# 당신만을 위해서

나를 위해서 해와 달도 따다 준다던
아름다운 당신.

나를 위해서 모든 좋은 것을 다 준다던
아름다운 당신.

그래도 나를 위해서라면 죽어도 좋다는
그런 말은 하지 말아주세요.

당신의 목숨은 당신 것이어야 하니까,
목숨만큼은 당신을 위해서 바치길 바라요.

당신의 아름다운 미소를
나 하나 때문에 버리기엔
너무 아깝잖아요.

# 사실

노력했다고 말해주세요.
당신의 노력했다는 말 한마디에
나는 오늘을 또 버텨내니까.

사랑한다고 말해주세요.
당신의 사랑한다는 말 한마디에
나는 오늘을 또 살아가니까.

그 말 한마디에 괜찮아질 리 없겠지만,
그 말 한마디가 힘을 주는 것이
사실이니까.

# 사계절

네가 옆에 있다면 내 계절은 영원히
봄.
꽃이 아름답게 흩날리는 그런 봄.


네가 빛나는 모습을 본다면 내 계절은 언제나
여름.
태양이 쨍하게 떠오른 그런 여름.


네가 우울하다면 내 계절은 항상
가을.
낙엽이 져버리는 그런 가을.


네가 옆에 없다면 내 계절은 영원히
겨울.
눈에 묻혀, 추위에 떠는 그런 겨울.

# 당신이라면

힘들면 언제든 기대어주세요.
내가 아무리 힘들어도,
내가 아무리 지쳐 있더라도,
당신 한 사람쯤은 기대게 해줄 수 있으니까요.

당신을 좋아하니까,
당신을 사랑하니까,
당신을 사랑하는 만큼,
당신에 관한 일이라면 힘낼 수 있으니까요.

당신의 하루는 예쁘기만 하길

# 달을 닮은

예전에 당신에게
달을 보면 내가 떠오른다는 말을 들었다.

미소를 잃지 않는 모습이 예뻐서,
뭐든 해내려 하는 모습이 아름다워서,
별들의 빛에 자신을 잃어버리지 않으려 노력하는
그런 달을 닮았다고.

# 단어

내게 사랑을 표현해줄,
마땅한 단어가 떠오르지 않는다면
사랑한다는 단어 하나로도 충분해요.

다른 어려운 단어 열 마디보다,
다른 멋진 말 열 줄보다,
사랑한다는 그 단어 하나로도 충분해요.

다른 말로 당신의 사랑을 더럽히지 말아요.
사랑한다는 말이면
나는 당신의 사랑을 전부 느낄 수 있으니까.

# 바다

깊고 푸른 바다를 보면
언제나 당신이 생각나요.

당신의 매력은 바다처럼 깊으니까.
당신의 마음은 바다처럼 맑고 푸르니까.

당신의 깊은 매력을,
당신의 맑고 푸른 마음을,
잃지 말아요.

# 나침반

내 인생의 좌표는 언제나 당신이에요.
당신이 내 앞을 비춰주고,
나를 이끌어주니까.

내 인생의 좌표는 언제나 당신이었어요.
당신과의 시간이 소중하고,
그만큼 당신을 잊을 수 없으니까.

당신이 나를 떠나간대도,
나만은 당신과 매일 함께하겠다고
약속했으니까.

그러니 슬퍼하지 않을게요.
내 마음속에서는 언제나
내 옆에 있어주는 당신이니까.

당신의 하루는 예쁘기만 하길

# 단풍잎

단풍잎이 물들어가기 시작할 때쯤,
나도 서서히 당신에게 물들어갔어요.

시작은 푸르다가
갈수록 붉어지고
마지막에 나는 그 모든 색을
전부 품을 수 있었습니다.

고맙습니다.
당신의 그 모든 색을 품을 수 있게 해줘서.

고맙습니다.
당신의 그 모든 색을 내게 알려줘서.

# 손수건

당신이 눈물을 흘린다면
내가 닦아줄게요.

당신이 땀을 흘린다고 해도
내가 닦아줄게요.

내 걱정은 하지 말아주세요.
당신의 곁에서라면 나는
무엇이든, 무슨 일이든 괜찮으니까.

하지만 내가 닳아버린다면
그때는 미련 없이 버려주세요.

당신과의 추억은 내가 전부 가지고 갈게요.
우리는 분명 새로운 모습으로
다시 만날 테니까….

이게 끝이 아니라는 것을
나는 알고 있어요.

그러니 기다릴 수 있어요.
그러니 전부 안고 갈 수 있어요.

# 열쇠

많은 열쇠 중에 당신에게 맞는 열쇠를 찾고 있어요.

당신에게 맞는 열쇠는 하나뿐일 텐데,
그 열쇠가 내가 아니면 어쩌지 하는 불안함 때문에,
아직 나를 당신에게 맞춰보지 못했어요.

내가 당신에게 맞는 열쇠이기를 바라요.
내게 맞는 열쇠는 당신 하나뿐이니까,
당신에게 맞는 열쇠도 나 하나뿐이었으면 하는.

내 작은 바람이에요.
내 작은 소망이에요.

# 충전기

내가 힘이 들 때,
내가 지쳐갈 때,
내가 나인 것이 싫어질 때,

마음의 안정을 찾아주고,
기운도 찾아주고,
내가 나를 되찾을 수 있게 도와주는,

그런 당신이 내 사람이라서
다행이다.

그런 당신이 나를 사랑해줘서
다행이다.

# 커피

어느 순간 당신에게 물들어 있었다.
어느 순간 당신에게 중독되어 있었다.

당신은 빠르게 나를 물들였고,
또한 빠르게 나를 중독시켰다.

당신은 그렇게
내가 당신을 잊을 수 없게 만들었다.

# 실수

누구나 한 번쯤은 실수를 한다지만,
나는 아니다.

내가 저지른 실수는 당신을 만난 것.
나보다 더 나를 사랑해주는 당신을 만난 것.

만약 같은 상황에 놓이게 된다면,
그때는 같은 실수를 하지 않기를.

예쁜 당신이
스스로만 사랑할 수 있게
같은 실수를 하지 않기를.

# 이름

눈을 밟을 때도,
비가 내릴 때도,
자신만의 소리가 있다.

그러나 사람은,
어떠한 행동을 하더라도
목소리로만 자신의 소리를 낼 수 있다.

그러나 나는 다르다.

당신이 내 이름을 불러주면,
당신이 내 옆에 있으면,
그걸로도 내 소리는 완성되니까.

# 지금통

당신과 함께한 기쁜 순간도,
당신과 함께한 슬픈 순간도,
전부 넣어둘게요.

그리고 더 이상 넣을 수 없게 될 때,
그때는 우리 그동안에 있었던 일들을
다시 한번 돌아봐요.

전부 돌아보고 나면
또다시 새로운 추억들을,
새로운 순간들을 넣어가요.

# 사탕

당신이 해주는 말이라면 그게 무엇이든
달콤하니까.

언젠가 녹아 없어진대도,
그저 잠시의 꿈일 뿐이라도,
그 순간만큼은 달콤하니까.

언젠가 그 달콤함을 잊어버린대도,
찰나의 그 순간이 내게는 소중하니까.

당신의 하루는 예쁘기만 하길

# 사랑하는 방법

내가 당신을 사랑하는 방법은 간단해요.

내 마음이 가는 대로,
내 마음이 원하는 대로,
당신에게 사랑을 전해요.

내 마음이 다할 때까지,
내 마음보다 당신의 마음이 우선이 될 때까지,
당신에게 사랑을 속삭여요.

그렇게 사랑을 전하다 보면,
그렇게 사랑을 속삭이다 보면,
어느 순간 당신은 내 사랑을 느끼겠죠.

당신이 내 사랑을 느끼게 된다면,
당신은 그때 나를 사랑해주세요.

# 처음부터

처음부터 당신을 사랑하지 않을 걸 그랬습니다.
처음부터 당신에게 마음을 주지 않을 걸 그랬습니다.
처음부터 그랬더라면
내가 이렇게 아프지 않아도 될 텐데.
처음부터 그랬더라면
당신도 아프지 않았을 텐데.

처음부터 당신을 좋아하지 않을 걸 그랬습니다.
처음부터 당신의 곁에 머물지 말 걸 그랬습니다.
처음부터 그랬더라면
내가 이런 사랑에 목매지 않았을 텐데.
처음부터 그랬더라면
당신도 이런 사랑 따위 하지 않았을 텐데.

사람이라는 건 참 이기적입니다.
당신과 하는 사랑은 내게 아픔만 주는데,
나와 하는 사랑은 당신에게 아픔만 주는데,
나도, 당신도 서로만을 좋아합니다.

*당신의 하루는 예쁘기만 하길*

서로가 없으면 안 되는 것처럼,
서로만을 바라봅니다.

미안합니다.
이런 아픈 사랑을 하게 해서.

미안합니다.
내가 당신만을 사랑해서.

그래도 조금만 더 버텨요, 우리.
조금만 더 버텨봐요.

분명, 이 아픔 끝엔
아름답게 피어난 우리가 있을 테니까.

# 처음

당신과 함께하는 모든 것이 내게는 처음입니다.

경험한 적이 있다고 해도,
내게는 당신이라는 사람이 처음이니까.

처음 하는 사랑이 지나갔다고 해도,
당신이라는 사람과 하는 사랑은 처음이니,
그것이 나에게 있어 첫사랑이라고.

# 틈새

당신을 사랑하기 위해서
나는 당신의 일부를 보았습니다.

당신을 사랑한 후에도
나는 당신의 일부만을 보았습니다.

그러나 지금은
나는 당신의 전부를 보고 있습니다.

당신의 전부를 보았음에도
오히려 당신이 더 좋아집니다.

당신이 매번 하는 실수마저,
사랑스러워 보이기 시작합니다.

이런 게 사랑인 걸까요.

# 봄

꽃이 피어났다.
너는 내 곁에 있었다.

우리는,
기약 없는 사랑을 했다.

꽃이 진다.
너는 내 곁에 없었다.

기약 없던 우리의 사랑은,
그렇게 끝이 났다.

# 병원

당신은 나의 병원입니다.

한평생 병자였던 나를 치료해준
당신은 나의 병원입니다.

하지만 당신이 내게서 떠나간다면
나는 또다시
이름 모를 병에 걸리겠지요.

그러니 나를 떠나지 말아주세요.

# 하늘과 땅

나는 하늘을 바라보는 사람.
당신은 땅을 바라보는 사람.

모두 우리는 어울리지 않는다고 말하지만,
나는 당신을 놓치지 않겠습니다.

우리는 서로 사랑을 하며,
하늘과 땅의 그 사이에서 만나게 될 테니까요.

그러니 당신도 나를 놓치지 말아주세요.
나는 절대 당신을 놓치지 않을게요.

당신의 하루는 예쁘기만 하길

# 안녕

안녕이라는 인사는

헤어질 때도,
만날 때도,
하는 인사니까.

그러니 우리는
조금 다른 인사를 건네봐요.

만날 때는 반가워,
헤어질 때는 잘 가.

그리고 안녕이라는 인사는,
당신과 내가 영원히 헤어지는 날.

그때 하기로 해요.

# 이유

당신과 내가 헤어지게 된 이유는
과학적인 유효기간 탓이 아니에요.

당신과 내가 헤어지게 된 이유는
다른 사람이 눈에 들어왔기 때문도 아니에요.

당신과 내가 헤어지게 된 이유는
서로가 서로에 관해 모든 것을 알고 있다고
자만했기 때문이에요.

그러니 다음에 다가올 사랑은
조금 더 천천히,
조금 더 많은 것을,
조금 더 오랜 시간 동안,
알아갈게요.

그렇게 사랑할게요.

# 당신이 있기에

당신이 없다면
나도 이 세상에 존재하지 않겠죠.

당신이 없다면
나 역시 살아갈 이유가 없어요.

당신이 있기에
나 역시 살아가고,

당신이 있기에
내가 존재한다고.

그렇게 믿어주세요.
그렇게 생각해주세요.
그리고 살아주세요.

내가 당신과 함께
살아갈 수 있도록,
존재할 수 있도록.

# 밤하늘

밤하늘을 수놓은 별보다
당신의 미소가 더 눈부시니까.

밤하늘의 그 어떤 빛보다
당신의 하루가 더 빛나니까.

밤하늘을 아름답게 만들어주는 것은
많은 빛의 별들이지만,

내 인생을 아름답게 만들어주는 것은
그 누구도 아닌 나니까.

당신의 하루는 예쁘기만 하길

# 공부

무엇이든 처음은
남에게 배워야 하니까.

그러니까 당신에 관한 것도
당신과 하는 처음도
배워갈게요.

당신에게,
당신에 관한 것들을
배워갈게요.

# 나에게 와준

나에게 다가와 준
단 하나뿐인 당신.

나에게 도움을 준
단 하나뿐인 당신.

나에게 믿음을 준
단 하나뿐인 당신.

나에게 사랑을 준
단 하나뿐인 당신.

그런 당신을 좋아합니다.
그런 당신을 사랑합니다.

당신의 하루는 예쁘기만 하길

# 초콜릿

한없이 달콤하지만
한순간에 쓴맛이 되어버리는,

그런 사랑을 했습니다.

한없이 씁쓸하다가도
한순간에 단맛이 되어버리는,

그런 아름다운 사랑을 했습니다.

# 희망 고문

당신이 나를 좋아하고
있을 거라는,
그런 희망을 품지 않도록
그 이상 관심을 주지 말아주세요.

당신이 나를 사랑하고
있을 거라는,
그런 희망을 품지 않도록
그 이상 사랑을 주지 말아주세요.

애초에 관심도 없으면서,
애초에 사랑하지도 않으면서,
내가 헛된 희망 품게 만들지 말아주세요.

그런 희망 고문 따위,
하지 않도록 만들어주세요.

당신의 하루는 예쁘기만 하길

# 파편

당신의 파편을 찾아내겠습니다.

그 파편을 찾아내어
당신이란 사람을 조각해내고,
당신이란 사람과 사랑하겠습니다.

그러니 당신은
내 파편을 찾아내어
나를 조각해주세요.

부디 그렇게 해주세요.

# 인연

인연이라는 건,
그저 흘러가는 대로,
그저 떠나가는 대로,
놔두는 것.

인연이라는 건,
쉽게 붙잡아서도,
쉽게 포기해서도,
안 되는 것.

인연이라는 건,
그렇게 복잡하고,
그렇게 힘들기만 한,
그런 것.

당신의 하루는 예쁘기만 하길

# 복사, 붙여넣기

내가 당신을 사랑하는 만큼
당신도 나를 사랑했으면.

컴퓨터의 기능처럼
당신의 마음도
그렇게 내게로 붙여넣을 수 있다면.

# 마음 셋

당신을 위하는 마음, 하나.
당신을 좋아하는 마음, 둘.
당신을 사랑하는 마음, 셋.

그 마음들만 가득 담아,
그 예쁜 마음만 꾹꾹 눌러 담아,
당신에게 드리겠습니다.

당신은 그 예쁜 마음으로
자신을 사랑하고,
그 예쁜 마음으로
나를 사랑해주세요.

당신의 하루는 예쁘기만 하길

# 불완전한

불완전한 나와
완전한 당신이 만났습니다.

티 없이 맑은 당신이
지저분한 나를 만나서,
점점 지저분해지는 그 모습이
너무도 아름다웠습니다.

당신이 내게 물들어가는 그 모습이
너무도 반짝거렸습니다.

# 욕구

당신을 좋아하고 싶다는 욕구.

당신을 사랑하고 싶다는 욕구.

당신이 나만을 봐줬으면 하는 욕구.

당신을 원하는 그 욕구를
숨기고, 또 숨겨서
아무렇지 않은 척,
당신의 곁에 남아 있겠습니다.

당신은 내 마음을 눈치채더라도
나를 밀어내지는 말아주세요.

# 신의 뜻대로

이 세상은 신의 뜻대로 흘러간다지만
이번만큼은 용기 내어 작은 반항을 해봅니다.

당신을 사랑하는 것만큼은
'신의 뜻대로'가 아닌
'나의 뜻대로' 사랑하기를.

당신과 이어가는 사랑 이야기는
'신의 생각대로'가 아니라
'내 생각대로' 흘러가도록.

# 공사 중

당신과 사랑을 하기 위해
가장 먼저 해야 하는 일이 있습니다.

이전에 적었던 사랑 이야기를
전부 지우는 것.

이전에 쌓아 올렸던 사랑의 건축물을
전부 무너뜨리는 것.

내 마음은 아직 공사 중입니다.

# 첫사랑

첫사랑은
처음 하는 사랑인 만큼
두 번째 사랑보다 더
예쁘겠지요.

첫사랑은
처음 하는 사랑인 만큼
두 번째 사랑보다 더
사랑하겠지요.

첫사랑은
처음 하는 사랑인 만큼
두 번째 사랑보다 더
아프겠지요.

첫사랑이란 분명 그런 사랑이겠지요.

# 영원

당신과 나는 영원할 거라 믿었다.


토라지고, 울고, 싸우고,
그 모든 일을 밑바탕으로
예쁜 사랑을 그려나갈 거라고.


그러나 현실은
너와 나를 너무도 멀리 떨어뜨려 놓았다.


그러나 세상은
너와 나를 가까이 이어주지 않았다.


당신의 하루는 예쁘기만 하길

# 멀리, 더 멀리

네가 아프지 않을 때까지
떠나 있을게.
멀리, 더 멀리.

네가 다시 나를 찾아줄 때까지
떠나 있을게.
멀리, 더 멀리.

네가 나를 잊을 그날까지
떠나 있을게.
멀리, 더 멀리.

# 그런 이별은 없을 텐데

너와 하는 마지막은
웃음으로 가득하길 바랐다.
그런 이별은 없을 텐데.

너와 하는 마지막은
적어도 네가 아프지 않기를 바랐다.
그런 이별은 없을 텐데.

너와 하는 마지막은
특별한 거 하나 없는 날이었으면 좋겠다.
먼 미래에 그 무엇을 보더라도
나를 떠올리지 않을 수 있도록.

# 다시 한번 더

내가 이렇게 아프게 될 줄 알았더라면
조금 더 일찍,
조금 더 많이,
너와 사랑할 것을 그랬다.

내가 이렇게 떠나게 될 줄 알았더라면
조금 더 일찍,
조금 더 많이,
너를 좋아해 줄 것을 그랬다.

내가 이렇게 될 줄 알았더라면
다시 한번 더 사랑할 것을 그랬다.

# 하늘

너와 시작하는 날의 하늘은
구름 한 점 없이
맑은 하늘이었으면 좋겠다.

이기적이지만,
맑은 하늘을 보면
나를 떠올릴 수 있도록.

너와 끝나는 날의 하늘은
먹구름이 가득 낀
어두운 하늘이었으면 좋겠다.

이기적이지만,
어두운 하늘을 보면
나와의 추억을 떠올릴 수 있도록.

당신의 하루는 예쁘기만 하길

# 달

너를 만남으로
내 빛을 찾아내었다.

빛 한 점 없던 내가
너를 만남으로
또 하나의 나를 찾아내었다.

아무리 노력해도
내 빛은 없겠지만,

너의 빛을 빌려서라도
빛나는 사람이 되어보겠다고.

너의 빛을 빌려서라도
나의 빛을 찾아내겠다고.

# 바람처럼

나는 바람처럼
그대 곁에 나타나,

바람처럼
그대 곁에 머물렀다.

나는 바람처럼
그대 곁에 머물다,

바람처럼
그대 곁을 떠나갔다.

당신의 하루는 예쁘기만 하길

# 짙푸른 녹음

짙푸른 녹 내음이 가득한 숲속,
그대를 찾아 헤맨다.

나에게 행복을 알려준 그대는,
나에게 슬픔을 알려준 그대는,
이미 저 멀리 떠나갔음을 알고 있지만,
나는 여전히 당신을 찾아 헤맨다.

당신이 알려준,
이 짙푸른 녹 내음을 맡으며.

당신에게서 나던,
이 짙푸른 녹 내음을 느끼며.

이 깊은 숲속을
나는 오늘도 헤맨다.

# 나는 알고 있어요

나는 알고 있어요.
당신이 진심으로 상처 주려던 것이 아니었음을.

그것을 알고 있기에
나는 괜찮아요, 내가 버텨낼게요.

이미 망가져 버린 마음을 숨기며
나는 웃을게요, 내가 참아낼게요.

그러니 당신은
숨기지 말아요, 버티지 말아요.

억지로 웃음 짓지도,
억지로 참아내지도 말아요.

당신도 실수하는 사람이니까.
내가 사랑하는 당신이니까.

당신의 하루는 예쁘기만 하길

# 마음속의 전쟁

너와 사랑하는 내내
내 마음속은 전쟁 중이다.

너를 사랑하라는 마음과
너를 포기하라는 마음.

너에게 상처를 만들어 기억되라는 마음과,
너에게 상처를 만들지 말라는 마음.

결국 나는 너를 사랑하기로 했고,
결국 너에게 상처를 만들어내기로 했다.

# 당신은 나에게 말했다

당신은 나에게 말했다.
나를 가진 본인은
죄 많은 사람이라고.

나는 당신에게 답했다.
당신을 가진 나도
죄 많은 사람이라고.

당신은 나에게 말했다.
내 행복을 자신에게 맞춘 본인은
죄 많은 사람이라고.

나는 당신에게 답했다.
당신의 행복을 나에게 맞춘 나도
죄 많은 사람이라고.

당신의 하루는 예쁘기만 하길

# 애증 관계

사랑이 너무 커져 증오가 되어버렸을까요, 증오가 너무 커져 사랑이 되어버렸을까요.

시작이 사랑이었는지, 증오였는지 사실 아무것도 중요하지 않았습니다. 신경 쓰고 싶지 않아 관심을 끊으려 해도 정신을 차려보면 다시 당신을 생각하고 있었고, 당신이 싫다고 느껴지다가도 좋다고 느껴지는 나날이 반복되었으니까요. 그래요, 나는 그저 당신을 필요로 했고, 당신은 그저 나를 좋아했을 뿐이겠지요. 저에게 당신은 증오의 대상으로 점점 커졌고, 당신에게 저는 사랑의 대상으로 점점 커졌나 봅니다.

당신에게 이별을 고하던 날, 당신 눈에서 흐르던 눈물을 아직도 잊을 수가 없습니다. 차마 제 손을 붙잡지 못해 옷자락만 겨우 붙들던 당신이, 아무런 대답 없던 저를 바라보며 겨우 잡았던 옷자락조차 놓아버리는 당신이 어찌나 한심하던지. 결국, 저는 당신을 버리고 말았습니다.

후회 같은 것은 제 인생에는 없을 것이라고 다짐했습니다. 적어도 과거의 저는 후회 같은 것은 어울리지 않다고, 절대 후회하지 않을 것이라고 믿었습니다. 그런데 당신을 놓쳐버린 그 날로부터 시간이 흐를수록 미친 듯이 후회하고, 또 후회하고 있습니다. '왜 그랬을까'라는 말로는 차마 설명하지 못했습니다.

지금 생각해보면 우리 관계의 문제점은 항상 저였던 것 같습니다. 단지 지금에 와서야 깨달은 그 사실이 저를 아프게 만들었을 뿐입니다.

저에게는 당신을 사랑했던 마음이 너무 커져 증오가 되었으며, 당신에게는 저를 증오했던 마음이 너무 커져 사랑이 되었다고.

당신이 나를 사랑하던 것이 아니라, 내가 당신을 사랑하고 있었다고.

한 사람은 증오를, 한 사람은 사랑을.

우리의 사랑은 애증의 관계였습니다.

# 4

이제는 내가 가지고 싶은 그
'행복'

# 찾아보자

행복을 찾아보자.
기쁨을 찾아보자.

아주 작은 것이라도 좋다.

달콤한 것을 먹을 때라든지,
좋아하는 옷을 입을 때처럼
아주아주 작은 것.

그리고 점점 더 멀리 바라보고 생각하자.

내게 큰 행복은 무엇인지.
내게 큰 기쁨은 무엇인지.

# 누군가 내게

누군가 내게 괜찮다고 말해줄 때,
그때는 가장 힘이 난다.

누군가 내게 애썼다고 말해줄 때,
그때는 뭐든 할 수 있을 것 같다.

누군가 내게 사랑한다고 말해주면,
그때는 하늘을 날 것만 같은 기분이 든다.

# 사람 구경

사람 구경이라는 거 재미있너라.

그 사람을 관찰하고,
자세히 알아가고,
또 그 사람이 좋아하는 것들을 알아가는 게,
재미있더라.

# 마무리

내가 하던 일에선,
적어도 하겠다고 마음먹은 일에선,
인정받고 싶다.

그래야 내가 그 일을
잘 마무리했다는 기분이 든다.

# 포근함

포근한 품을 찾아서 돌아다닌다.

내가 기대도 무너지지 않을,
나 하나 정도는 기대게 해줄 수 있는.

그런 포근한 품.

그런 포근한 품을 가진 사람과 함께라면,
그 어떤 곤란한 일도 극복할 수 있다.

# 당신의 하루는

당신의 하루는 아름답길.

아름다운 만큼 또 평화롭길.

평화로운 것보다 더 행복하길.

당신의 하루는 그렇게 예쁘기만 하길.

# 정성을 다해 만들기

작은 것을 만들어내더라도,
작은 것을 생각하더라도,
그 모든 것에 정성을 다하길.

당신의 마음을 만들어내는 기분으로,
당신의 그 예쁜 마음을 떠올리며,
그 모든 행동에 정성을 다하길.

조금 부족해도,
조금 이상해도,
다시 도전하기.
그 모든 과정에 정성을 다하길.

그럼 언젠가
나도 모르는 그 짧은 시간에
나는, 내 마음은
무럭무럭 자라나 있을 테니까.

당신의 하루는 예쁘기만 하길

# 기다림

슬프지 않기 위해,
행복하기 위해,
나는 오늘도 무던히 노력하고,
또 포기한다.

행복은 내가 일어나기를
기다려주지 않는다.

행복은 내가 자신을 잡을 때까지
기다려주지 않는다.

내가 행복하기 위해서는
코앞에 다가온 행복을
잡을 줄 아는 능력도 필요하다.

# 여유

마음속에 공간 하나.

내가 좋아하는 것들만 할 수 있는 공간 하나.

여유를 가지고 느긋하게 차 한잔 마실 수 있는
그런 공간 하나.

마음속에 그런 공간 하나쯤은 두고 살아가자.

마음이 복잡할 때,
여유가 필요할 때,
내가 언제든 쉬어갈 수 있도록.

# 내 곁에는

내 곁에는 생각보다 좋은 사람들이 있어서,
내 생각보다,
나보다 더 나를 아껴주고
생각해주는 사람들이 있어서 행복하다.

내 곁에는 생각보다 많은 사람이 있어서,
내 생각보다,
나라는 존재를 잊지 않게 해주고
지켜주는 사람들이 있어서 즐겁다.

나를 아껴주는 사람이 있어서,
내 존재를 있는 그대로 받아들여 주는 사람이 있어서,
나는 오늘도 여기에 남아 있다.

# 행복하다면

주변에서 뭐라고 하든지
내가 행복하다면
그걸로 괜찮아요.

이 세상에 행복보다 중요한 건 없으니까.

주변에서 뭐라고 하든지
내가 행복하지 않다면
우리 조금만 노력해봐요.

당신이 이 세상에서 가장 중요한 것을
알아낼 때까지,
당신이 이 세상에서 가장 중요한 것을
당신의 것으로 만들 때까지,
언제나 지켜볼게요.

그러니 힘내요.
그러니 웃어요.

당신의 하루는 예쁘기만 하길

# 만약

만약 과거로 돌아갈 수 있다면
당신 같은 사람은 만나지 않기를.

당신과의 인연을 전부 끊어내고 갈 테니,
당신 같은 사람은 만나지 않기를.

당신 같은 좋은 사람은,
나보다 더 좋은 사람만 만나 행복하길.

당신의 불행은 내가 전부 안고 갈 테니,
당신의 매일은 부디 행복하길.

# 약

당신이 상처를 입었다넌
나는 연고가 되어줄게요.
당신의 상처를 어루만져줄게요.

당신이 상처를 숨기려 한다면
그때는 밴드가 되어줄게요.
당신의 상처를 내가 숨겨줄게요.

당신의 상처를 치료하고
보듬어주는
그런 약이 되어줄게요.

당신의 하루는 예쁘기만 하길

# 몇 번이든

몇 번이나 넘어지게 되든
꼭 너를 만나러 갈게.

몇 번이나 네가 나를 잊어버리게 되든
꼭 네가 다시 기억할 수 있게 할게.

몇 번이나 죽게 되든
꼭 다시 태어나 너를 찾아갈게.

# 별

많은 별이 필요하지 않아요.
당신 하나가 별이니까.

당신은 당신 한 사람만으로도 빛이 나니까.

그러니까 잃어버리지 않을게요.
당신의 빛을 따라,
얼마나 멀리 떨어지게 되든,
어떤 방법을 사용해서라도 당신에게 갈게요.

# 기적

기적 같은 당신이 내게 와줘서,
기적 같은 당신이 내게 사랑한다고 말해줘서
그래서 나는 오늘을 또 살아갑니다.

기적 같은 당신이 나를 위로해줘서,
기적 같은 당신이 나를 격려해줘서
그래서 나는 오늘 또 아름다운 하루를 만들어갑니다.

기적 같은 당신 덕분에,
나는 오늘을 또 살아가야 할 이유가 생겼습니다.

# 눈물

당신의 눈물이 마를 때까지,
당신의 미소가 사라질 때까지,
딱 그만큼만 당신의 곁에 있을게요.

더도 말고 덜도 말고
딱 그만큼만 당신의 곁에 있게 해주세요.

내 옆에 있는 당신이라면
미소는 사라지지 않을 테니까.
기쁨의 눈물이 마르지 않을 테니까.

딱 그 정도만 당신의 곁에 남아 있을게요.

당신의 하루는 예쁘기만 하길

# 합창

우리 서로에게 조금만 더 맞춰봐요.
우리 서로를 위해 조금만 더 조율해봐요.

아름다운 소리를 위해,
우리 두 사람의 소리가 어긋나지 않게,
우리 조금만 더 맞춰봐요.

# 풋사과

당신이 변해가는 모습을
지켜볼 수 있어서 좋아요.

당신은 깨닫지 못했겠지만,
당신은 매일매일 성장하고 있으니까.

당신이 성장하는 모습을
지켜보게 해줘서 고마워요.

당신의 하루는 예쁘기만 하길

# 분리수거

나쁜 감정들을 분리수거 할 수 있다면
얼마나 좋을까요.

기쁜 마음만,
예쁜 감정만 가지고 살 수 있다면,
그럴 수만 있다면 좋을 텐데.

# 동화

당신은 동화 속의 왕자님,
나는 동화 속의 공주님.

우리의 결말은 동화처럼
'행복하게 잘 살았습니다'가 아닐지도 몰라요.

어쩌면 우리의 결말은
아주 슬플지도 몰라요.

그래도 당신과 함께한 그 시간이
동화 같았으니까.

당신과 함께하는 모든 시간이
꿈만 같았으니까.

당신의 하루는 예쁘기만 하길

# 마음 걸이

우리의 마음도 옷걸이처럼
맞추어 걸릴 수 있다면 얼마나 좋을까.

좋은 마음도
딱 맞추어 떨어질 수 있도록.

나쁜 마음도
딱 맞추어 떨어질 수 있도록.

그렇게 맞추어 걸어줄 수 있다면
얼마나 좋을까.

# 여백

당신 마음속의 여백에만 나를 남겨두세요.

당신 마음의 한가운데도
커다란 공간도 필요 없으니.

당신 마음속의 여백,
그 작은 공간에만
나를 남겨주세요.

자주 나를 찾아주지 않아도
당신 마음속에 있다는 그 사실이
내게 용기를 심어주니까.

그 여백에만 나를 남겨주세요.

당신의 하루는 예쁘기만 하길

# 일대기

모든 일이 장난으로 느껴지던
시대를 지나,

모든 것이 귀찮고 잔소리로만 느껴지던
시대도 지나,

모든 미래가 불안하고 불확실한
시대를 마주했다.

이 시대가 지나면 나는
평온과 여유를 느낄 수 있는
시대를 마주할 것이다.

# 언젠가 나도

언젠가 나도
누군가의 사랑이 될 수 있는 날이 올까요.

언젠가 나도
당신이라고 불리는 날이 올까요.

언젠가 나도
엄마라고 불리는 날이 올까요.

언젠가는 내게도
그런 날이 올까요.

당신의 하루는 예쁘기만 하길

# 하루, 지나

나는 오늘을 또 살아냈다.
그렇게 하루가 지났다.

나는 오늘을 또 버텨냈다.
그렇게 하루가 지났다.

나는 오늘을 또 이겨냈다.
그렇게 하루를 이겨냈다.

# 원망

내 인생은
당신이라는 사람 때문에 망가졌다고.

내 인생은
당신이라는 사람 때문에 부서졌다고.

아무리 소리쳐봐도
당신이 부숴버린 내 인생은
돌아오지 않을 텐데.

아무리 소리쳐봐도
당신이 없애버린 내 인생은
이미 남의 인생이 되어버렸을 텐데.

당신의 하루는 예쁘기만 하길

그러니 남은 인생이라도,
남은 인생만이라도,
나를 위해 살겠다고.

남은 인생은
오로지 내 것으로 만들겠다고.

# 10년이 지난 나는

1년 후의 나는
지금 노력하는 것을
꼭 이루기.
1년이 지난 나는
그렇게 하길.

5년 후의 나는
지금보다는 조금 더
성숙한 사람이 되기.
5년이 지난 나는
그렇게 되길.

10년 후의 나는
지금보다 덜 울고
지금보다 더 웃기.
10년이 지난 나는
그렇게 행복해지길.

당신이 없는 이 세상을
내가 잘 살아갈 수 있을 정도로
강해지기.
마음이 무너진 나는
그렇게 열심히 살아가길.

# 희망 속

희망 속에는
빛바랜 우리의 추억이 있다.

희망 속에는
곱게 포장한 거짓이 있다.

희망 속에는
새로이 피어나는 빛이 있으며,

희망 속에는
시들어 사라져버리는 빛이 있다.

당신의 하루는 예쁘기만 하길

# 너라는 사람은

너라는 사람은
이런 내가 어디가 좋다고
곁에 있어 줄까.

너라는 사람은
이런 내가 어디가 좋아서
사랑을 속삭이는 걸까.

너라는 사람은
밝은 모습의 나도,
어두운 모습의 나도,
사랑해줄 수 있는 사람일까.

# 잃지 않겠다, 잊지 않겠다

너를 잃지 않겠다.
너를 놓지 않겠다.
언젠가 무너질 생각이라도,
언젠가 무뎌질 바람이라도,
나는 너를 붙잡겠다.

너를 잊지 않겠다.
너를 지우지 않겠다.
언젠가 사라질 생각이라도,
언젠가 지워질 바람이라도,
나는 너를 기억하겠다.

당신의 하루는 예쁘기만 하길

# 그 언젠가 당신에게

언젠가 이 글을 읽게 될 당신이,
그 언젠가 이 글을 읽은 후,
조금이라도 편안해지기를 바랍니다.

언젠가 이 글을 보게 될 당신이,
그 언젠가 이 글을 본 후,
조금이라도 위로가 되었기를 바랍니다.

언젠가 이 글을 접하게 될 당신이,
그 언젠가 이 글을 접한 후,
평소에는 숨겨왔던 감정을,
평소에는 표현하지 못했던 감정들을,
조금이라도 풀어내었기를 바랍니다.

그리고 무엇보다,
이 모든 감정을 전부 담아내어,
결말은 행복이기를 바랍니다.

# 마음속의 꽃

　　저는 가끔 저만의 세상에 빠져들곤 합니다. 그곳은 제가 상상하는 세상, 저만의 세상인 만큼 그곳에선 무엇이든 제 마음대로 이루어졌습니다. 그러나 단 한 가지, 그 한 가지만은 절대 제 마음대로 되지 않았습니다. 그것은 예쁘다 못해 홀릴 것 같은 꽃 한 송이입니다. 바람에 흔들리고, 거센 비에도 피어나는 바로 그 꽃입니다. 하지만 그 꽃은 제가 아는 꽃과는 다른 점이 있었습니다.

　　첫째, 그 꽃은 바람에도 흔들리지 않았습니다.

　　둘째, 그것은 꽃으로 보이나 꽃이 아니라는 것입니다.

　　마지막, 아마 당신의 마음에도 다른 형태의 그것이 존재할 것입니다.

　　제가 생각하는 꽃은 '어릴 적의 기억'입니다. 적어도 저에게는 그것이 어릴 적의 기억으로 다가왔고, 그것이 어릴 적의 기억이라는 것을 믿어 의심치 않았습니다. 그러나 당신에게는 그것이 '첫사랑'의 형태일 수도, '가족'의 형태일 수도, 혹은 '원망'이나 '분노'의 형태일 수도 있겠지요. 저에게 그것이 어릴 적의 기억이라는 형태를 가지고 있는 이유는, 아마 그때의 기억이 가장 명확하고 선명한 기억이기 때문인 것 같습니다.

　　명확하고 선명하게 무엇인가를 기억한다는 것은 마냥 좋은 일만은 아닙니다. 물론 그 기억이 즐겁고 행복한 일로만 가득 차 있다면 어느 누가 잊고 싶어 할까요. 그러나 모든 일이 그렇듯 인생은 슬프고 아픈 기억도 만들어주기 마련이지요. 행복만으로는 살아갈 수 없기 때문일까요, 행복만으로 살아가기엔 이 세상이 가혹하기 때문일까요. 제게 있어 그 꽃은 슬프고 아픈 기억, 지워내 버리고 싶고, 도려내 버리고 싶은 기억으로 남아 있을 뿐입니다.

눈을 감고 당신만의 꽃을 떠올려보십시오. 당신의 꽃은, 당신에게 가장 선명한 기억은 어떤 형태를 가지고 있나요? 바로 생각나지 않더라도 괜찮습니다. 당신의 시간이 허락하는 만큼, 꽃이 떠오를 때까지 천천히 떠올려보세요. 아마 누군가는 행복으로 가득 찬 꽃을, 또 다른 누군가는 아픔으로 가득 찬 꽃을 떠올렸을 테지요. 아픔으로 가득 찬 꽃이 잘못되었다고 말할 수는 없습니다. 그저 행복한 기억보다 아팠던 기억이 더 크게 다가올 뿐입니다.

만약 그 꽃을 지워내고 싶다면 지워내도 괜찮습니다. 그 꽃이 있는 장소는 당신만의 장소. 당신이 만족할 때까지 지워내고, 망가뜨리고, 버리더라도 그 장소에서 당신에게 뭐라 할 사람은 아무도 없습니다. 그 어두운 꽃을, 그 아픈 꽃을 지워냈다면 기억 속 어딘가에 있을 가장 행복한 꽃을 꺼내 그때의 감정을, 기분을 다시 떠올려보세요. 언젠가 당신은 아픈 꽃보다 행복한 꽃을 먼저 떠올리는 사람이 될 겁니다.

제가 당신에게 말하고자 하는 것은 그것이 전부입니다.

아픔보다 행복을, 슬픔보다 기쁨을 먼저 떠올리기를.

뭐든 좋은 것부터 떠올릴 수 있기를 바라는 것, 그것이 전부입니다.

언젠가 당신에게도 그런 날이 오기를 바라겠습니다.